AF468917

OPUSCULES;

Par ALBERT BRONDEX.

A PARIS,

Chez PARISOT, rue du Vieux-Colombier, n°. 389, en face des Orphelines; et au dépôt de Librairie, rue de la Feuillade, n°. 1; et chez les Marchands de Nouveautés.

AN IX. (1801).

OPUSCULES;

Par ALBERT BRONDEX.

ODE A L'AMOUR.

A MADEMOISELLE B***.

JE vais, d'une poétique ivresse,
Chanter les douceurs de l'Amour:
Savantes Nymphes du Permesse,
Venez m'instruire tour-à-tour.
Amans, accourez pour m'entendre;
Les bienfaits du dieu le plus tendre
Seront tracés par mes accens.
C'est son feu divin qui m'inspire,
Lui-même il a monté ma lyre;
Puisse-t-il couronner mes chants!

L'AMOUR n'établit sa puissance
Qu'en répandant le vrai bonheur.
Les dieux, sans les biens qu'il dispense,
Se lasseroient de leur grandeur.

Sur la terre, au sein d'Amphitrite,
Et jusques au bord du Cocyte,
On est charmé de ses appas ;
Partout on l'aime, on le caresse,
On le regarde avec tendresse,
Et l'univers lui tend les bras.

Ne l'accusez plus de vos crimes,
Amans cruels et forcenés :
Vous êtes les justes victimes
De vos sentimens effrénés.
L'amour, par ses divines flâmes,
S'empresse d'embrâser vos ames,
Mais le vice est dans votre sein :
Ainsi Phébus, dans sa carrière,
Échauffe l'herbe meurtrière
Qui renferme un mortel venin.

Aux jeux innocens de l'enfance
L'Amour mêle ses tendres jeux,
Et prépare à l'adolescence
Un cœur avide de ses feux.
Quand l'homme en brûle, quand il aime,
Il trouve son bonheur suprême

A les conserver dans son cœur ;
Et malgré les glaces de l'âge,
Il met encor tout en usage
Pour en ranimer la chaleur.

L'Amour, sur le haut des montagnes,
Veille à la garde des troupeaux,
Et de Cérès dans les campagnes,
Ses feux animent les travaux,
Malgré Neptune qui s'irrite,
L'Amour, sur le sein d'Amphitrite,
Fait voler l'homme audacieux,
Et jusque dans l'Aréopage
Il va charmer le cœur du sage
A qui Thémis ferme les yeux.

Que cherchez-vous dans la victoire,
Parlez, magnanimes guerriers ?
N'envisagez-vous que la gloire,
En vous couvrant de ses lauriers ?
L'espoir de plaire à ce qu'il aime
N'anime-t-il pas Mars lui-même,

En portant partout la terreur ?
Et sous les drapeaux de Bellone,
Ne cherchez-vous point la couronne
Que l'Amour destine au vainqueur ?

SEXE, à qui nous rendons les armes,
Reconnoissez à votre tour
Que la beauté, malgré ses charmes,
Doit tout son pouvoir à l'Amour.
C'est lui qui lui donne les graces ;
C'est lui qui fixe sur ses traces
Les jeux et les ris enchanteurs ;
C'est lui, c'est son pouvoir suprême
Qui dans la main de Vénus même
A placé le sceptre des cœurs.

LA beauté pour qui je soupire,
Pour qui soupirent mes rivaux,
Sans les traits du dieu qui m'inspire,
Auroit-elle des traits si beaux ?
Le charme naissant qui l'anime
Rend son esprit vif et sublime,
Donne la vie à ses appas :
Du feu divin qu'elle recelle,
Il n'a fallu qu'une étincelle
Pour nous enchaîner sur ses pas !

DIEU puissant, reçois mon hommage,
Reçois celui de l'univers !
Vois tous les êtres, d'âge en âge,
Voler au-devant de tes fers.
Ils te doivent leur existence,
Ils te doivent la jouissance
De tout ce qui les rend heureux :
Jupiter gouverne le monde,
Mais c'est toi, c'est ta main féconde
Qui le fertilise pour eux.

MON cœur vient de se faire entendre,
Daignez couronner son transport :
Céphise, à l'amant le plus tendre,
Il faut le bonheur ou la mort.
Je sens que mon ame ravie
Ne pourroit supporter la vie
Loin de l'objet de tous mes vœux.
Non, sans le bonheur où j'aspire,
Je n'acepterois point l'empire
Ni l'immortalité des dieux !

L'AMOUR
DUPE
DE SON STRATAGÊME.

LORSQU'EN cueillant des fleurs la nymphe Péristère
Eut fait perdre l'Amour gageant contre sa mère,
Ce dieu, de cet affront, furieux et confus,
Voulut secrètement se venger de Vénus.
Il savoit qu'Adonis, épris de la Déesse,
A son culte divin consacroit sa tendresse,
Et qu'elle aimoit à voir le plus beau des mortels
Offrir des vœux ardens au pied de ses autels.
La priver de ces vœux, par un trait d'inconstance,
Lui parut un moyen d'assurer sa vengeance.
Dans son ame mutine il cache ce dessein,
Prend son carquois, s'envole, une flèche à la main.

Depuis près de trois mois, la trop sensible Aurore
Avoit perdu Céphale et le pleuroit encore;
L'Amour va la trouver : par de feintes douceurs
Il calme ses regrets, il arrête ses pleurs.
« Oubliez, lui dit-il, un amant infidelle,
» Et loin de vous livrer à la douleur cruelle

» Que vous cause un ingrat qui préfère Procris,
» Accordez votre cœur à l'aimable Adonis.
» C'est un jeune chasseur, brave et sans artifice,
» Plus tendre que Pyrame, et plus beau que Narcisse.
» Déjà plus d'une fois, charmé de vos appas,
» Je l'ai vu, le matin, précipiter ses pas
» Vers ce côteau, couvert d'un tapis de verdure,
» Où vos premiers regards éveillent la Nature.
» Sur ce même côteau, demain, au point du jour,
» Vous le verrez, conduit par son naissant amour,
» Sous un chêne touffu, placé pour vous attendre,
» Fixer sur vos attraits le regard le plus tendre ».

De l'Aurore à ces mots le cœur est enflâmé,
Déjà l'Amour triomphe : Adonis est aimé.
Mais il faut de l'amant préparer l'inconstance.
L'Amour part comme un trait lancé par la vengeance,
Va chercher Adonis dans les sombres détours
Où ce chasseur poursuit les lions et les ours.
Il le trouve entouré de dépouilles sanglantes :
« Laisse-là, lui dit-il, tes flèches menaçantes,
» Ou, loin de les lancer sur de vils animaux,
» Vole les employer à vaincre tes rivaux.
» Au temple d'Amathonte, un autre a pris ta place,
» Vénus, en le souffrant, annonce ta disgrace.

» Demain, pour un banquet, je rassemble les dieux,
» Sur le char de l'Aurore elle ira dans les cieux.
» Il faut, bel Adonis, l'attendre à son passage;
» Tu verras si son cœur, charmé de ton hommage,
» Mettra dans ses regards le prix de ton ardeur ».

Adonis, alarmé par ce discours trompeur,
De dépit à l'instant prend et brise ses armes;
Sur ses sanglantes mains l'on voit tomber des larmes.
Le courroux, la douleur l'animent tour-à-tour :
Il part, le cœur rempli de vengeance et d'amour.
Pour chercher ses rivaux, pour voir Vénus encore,
Son cœur voudroit hâter le retour de l'aurore.
Dans le fond des forêts, qu'il traverse à grand bruit,
Il brave les dangers et l'horreur de la nuit;
De ses chevaux fougueux, les vives incartades
Font frissonner d'effroi les timides Driades;
Et leurs hennissemens, par Écho répétés,
Font sauver loin des bois leurs dieux épouvantés.
Cupidon en sourit, et sa main qui les guide,
Rend à coups d'aiguillon leur course plus rapide.

Adonis voit le chêne indiqué par l'Amour.
« Arrêtons-nous, dit-il, pour attendre le jour.
» Ici, quand il naîtra, je verrai la Déesse;
» Si son cœur inconstant méprise ma tendresse;

» Si l'espoir dans le mien ne doit plus revenir,
» De mon funeste amour je saurai me punir ».

La fatigue, en dépit de sa douleur amère,
Le livre à la douceur d'un sommeil salutaire.
L'Amour s'en applaudit. « Il va dans son repos
» Oublier, se dit-il, Amathonte et Paphos;
» Par cet oubli, son ame ouverte à l'inconstance,
» M'offrira les moyens d'assurer ma vengeance.
» Oui, demain, aux regards d'Adonis enchanté,
» L'Aurore paroîtra dans toute sa beauté;
» Ne voyant pas Vénus, la croyant infidelle,
» Pour consoler son cœur et pour se venger d'elle,
» Attendri par mes traits, charmé par tant d'appas,
» Vers la brillante Aurore il va tendre les bras;
» Et j'aurai le plaisir, en vengeant mon injure,
» De payer à Cypris le prix de la gageure ».

L'Aurore cependant, dans le fond de son cœur,
Des heures qu'elle hâte accuse la lenteur.
De son naissant amour tendrement occupée,
Loin de songer, hélas! que son ame est trompée,
Elle croit qu'on l'adore, et que son jeune amant
Trouve la nuit trop longue et son retour trop lent.
Mais voici l'heure enfin: la nuit fuit, le jour s'ouvre,
Sous ses premiers rayons, l'horizon se découvre;

Déjà l'Amour heureux jouit de mille attraits,
Et l'Aurore paroît plus belle que jamais.

De si vives couleurs la Déesse est parée,
Qu'elles font en rubis transformer la rosée,
De la rose éclatante augmenter la fraîcheur,
Et du lys amoureux redoubler la blancheur.
Zéphyre, en s'échappant du tendre sein de Flore,
Enlève les parfums qu'il présente à l'Aurore;
Pan pour la célébrer, sortant de ses roseaux,
Fait retentir au loin ses rustiques pipeaux;
Et dans le sein des bois les oiseaux font entendre
Un chant plus animé, plus varié, plus tendre!

Ce chant frappe Adonis, et cause son réveil.
Le trouble de ses sens, calmés par le sommeil,
Renaît, s'augmente encore, et son ame éperdue
Confond dans sa douleur ce qui frappe sa vue.
Il contemple l'Aurore, et son cœur agité,
De l'Aurore à ses yeux redoublant la beauté,
Il la prend pour Vénus, et tend ses bras vers elle;
Cupidon en tréssaille et le croit infidelle,
Mais dans le même instant son triomphe est détruit.
« Quoi! s'écrie Adonis, c'est Vénus qui me fuit!
» Trop cruelle Cypris, mon aspect vous offense,
» Vous allez dans les cieux oublier ma constance,

» Et vous ne me laissez, pour prix de mon ardeur,
» Que le fatal espoir de mourir de douleur! »

L'Aurore à ce discours, se couvrant d'un nuage,
Déchira ses habits, de dépit et de rage;
Les pleurs qu'elle versa, tombant sur l'horizon,
Cachèrent aux mortels le lever d'Apollon;
Et l'Amour confondu s'envola vers Cythère,
N'osant plus se montrer aux regards de sa mère.

FIN.

www.ingramcontent.com/pod-product-compliance
Ingram Content Group UK Ltd.
Pitfield, Milton Keynes, MK11 3LW, UK
UKHW020233200726
13856UKWH00004B/1743

9 782011 904997